CARTAS AO NETO

VERSOS MAQUIAVÉLICOS

DANIEL BLUME

CARTAS AO NETO

VERSOS MAQUIAVÉLICOS

(t.) TAGORE EDITORA

Ilustrações
Ana Miranda

Projeto Gráfico
Júlio Rodrigues Júnior

Capa
Anael Medeiros

Revisão
Sonia Almeida

Edição
Tagore Editora

Dados Internacionais de Catalogação na Publicação (CIP)
(Câmara Brasileira do Livro, SP, Brasil)

Blume, Daniel
Cartas ao neto : verso maquiavélicos / Daniel Blume. -- Brasília, DF : Tagore Editora, 2024.

ISBN 978-65-84821-57-6

1. Direito 2. Poesia brasileira 3. Política I. Título.

23-178932 CDD-B869.1

Índices para catálogo sistemático:

1. Poesia : Literatura brasileira B869.1

Tábata Alves da Silva - Bibliotecária - CRB-8/9253

(t.) TAGORE EDITORA

SIG Qd. 8, Lt. 2356, Térreo, Brasília/DF
Fone: (61) 3032-5755 — (61) 98440-1100
contato@tagoreeditora.com.br
www.tagoreeditora.com.br

Orgulhosamente composto e impresso no Brasil | *Proudly printed in Brazil*

“Todos vêem o que parece,
poucos percebem o que é.”

Maquiavel

DEDICATÓRIA

Ao meu avô
Agostinho Moura de Almeida.

AGRADECIMENTO

**À escritora e artista plástica
Ana Miranda
pelas ilustrações que
propulsionam versos.**

SUMÁRIO

PREFÁCIO

ANTIBLEFE, AS CARTAS DE DANIEL BLUME

O que convida à leitura de um bom livro literário é a sua atmosfera, dada por um tom, é o seu teor, que se entrega à degustação, lenta ou ligeira. E no sentido do tom ou do "sabor de leitura", este *Cartas ao neto*, de Daniel Blume é dos mais fluidos e saborosos livros de poemas de que tenho conhecimento, nestes anos de muita escrita boa, mas também de abundante literatura insípida.

Um livro leve e, por que não dizer, divertido, pois esse é um efeito da sua intenção também, ser uma sátira ao estilo da antiga tradição da ironia, do escárnio e do sarcasmo, e cujos traços mergulham inclusive na máxima "ridendo castigat mores" – a qual expressa justamente a crítica moral aos (maus) costumes dos grupos e tipos sociais, recorrendo-se ao riso. Além disso, *Cartas ao neto* não deixa de se inserir no espírito das literaturas que floresceram em toda parte pelo barroquismo crítico, de cunho pícaro, façanheiro e caricaturesco, da América Latina, e do qual o Brasil é mestre.

Blume evoca, portanto, neste seu novo trabalho, uma estrada longa que vem desde Luciano de Samósata, passando pelos romanos, os contos picarescos e bufões medievais, o universo das farsas (em geral, em versos) de Gil Vicente, a sátira social do Thomas Morus de *Utopia* e *Cartas da torre,* Molière e Voltaire, dentro outros; e, nas terras tupiniquins, nada menos que os poemas satíricos e burlescos de Gregório de Matos, o Arthur Azevedo do teatro de revista e dos contos, e o humor gráfico de Aluísio Azevedo, que, além de romancista, foi painelista anticlerical, antimonarquista, e desenhou a política como uma prostituta. A lista perpassa ainda por Ariano Suassuna e por muitos dos nossos dramaturgos, como o Dias Gomes de *O Bem-Amado*. Quer dizer, é todo um universo confluente dessa veia, não restrita à poesia. Nesta, porém, lembramos ainda como um forte representante da atualidade a sátira porno-homo-política de Glauco Mattoso. Agora, Blume também radicaliza aspectos já presentes em obras suas como *Penal* (2015), *Resposta ao terno* (2018) e *Delações* (2020), e nos faz entrar no jogo do motejo e da arte burlesca da artimanha maquiavélica.

Ao contrário do que muitos podem pensar, esse não é um viés fácil. Exige perspicácia, percepção de sutilezas e práticas humanas, capacidade literária para operar com as formas da ironia e do litote (abrandamento de um pensamento pela expressão do seu contrário – discursivo, neste livro) e, no caso da crítica social, uma experiência com as questões que envolvem os meandros da sociedade, as relações e as consecuções do poder.

Não à toa, Blume recorre, em sua sátira, justamente a Maquiavel, como expressa o subtítulo do seu livro: *versos maquiavélicos*. O autor de "O Príncipe" é invocado no livro em duas diretrizes do seu discurso. A primeira, aquela da relação entre o ser e o parecer, conforme é expressamente colocado na epígrafe do livro: "todos veem o que parece; poucos percebem o que é" (frase que, como epígrafe, se torna também um alerta ambíguo em relação ao próprio livro, que não pode ser considerado apenas pelas colocações aparentes de um velho maganão). E a segunda diretriz é aquela mesma abstraída nas leituras regulares do imortal Maquiavel, de que os fins a serem alcançados justificam qualquer astúcia. Daí, validando as astúcias para ganhar "guerra", altos estrategistas são também convocados, das armas, da política, do intelecto ou das palavras: Sun-Tsu, Bismarck, Churchill, Nietzsche, Balzac, Rui Barbosa... E que guerra é essa? Só há uma: a guerra pelo poder e seu jogo, em todas as instâncias, das grandes ações às mais comezinhas. E as relações são postas como um jogo de baralho num *theatro mundi*, de apostas na hipocrisia, nas maranhas, cartadas e blefes.

Neste sentido é muito pertinente, logo no poema que encabeça o livro, *Cartadas ao neto*, a presença do personagem avô, um político experiente nas velhacarias, que precisa doutrinar o neto, "jovem deputado estadual" com seus conselhos pragmáticos – presença aquela que é, na verdade uma voz criada pelo poeta.

Podemos recolher trechos dessa doutrinação cínica, inescrupulosa, cuja forma talvez só coubesse mesmo no regime da sátira: "— Meu amado neto/ jamais esqueça./ Nossas gravatas/ significam seriedade de propósitos./ Use-as/ especialmente/ ao mentir"... Ou: "Esteja disposto/ a abrir mão/ do que acredita/ por aquilo/ que pretende"... É longo o rosário desfiado nessa "cartada", das lições desse avô que, do leito de um hospital, deixa essa sórdida herança ao neto, corrosiva, corruptora do espírito, numa visão das pessoas como títeres ou como objetos a serem utilizados: "Não se afina viola/ no grito. / Use dinheiro se necessário".

Depois desse poema de base epistolar, "escrito a mão trêmula" pelo avô, do leito de hospital, a sombra dessa visão se estende sobre os demais poemas, agora a meio tom entre a voz do avô e a voz do eu poético, em conversa direta com o leitor. Aqui, Blume reassume aquela forma concisa e incisiva dos livros anteriores, porém dentro de uma feição ironicamente pragmática perspectivada pelo contexto, como neste inteligente poema *Capital*, que relativiza as ideologias em prol da negociação satisfatória no tempo: "— Nem tanto ao Marx, / nem tanto à Terra/ reconhece a Era", bem como no poema *Ao rei*, manifestamente uma síntese do livro e confluência de vozes (do poeta, do avô, de Maquiavel), fora outros tantos poemas também fortes e elegíveis. Na sequência, encontramos uma saborosa galeria de tipos, na qual reconhecemos tantas figuras emblemáticas da sociedade, e, quiçá, a nós mesmos.

Cartas ao neto – versos maquiavélicos é, sem dúvida, um livro diferente para estes tempos, mostrando a reatualização possível de gêneros como o satírico e o burlesco para a poesia contemporânea, marcando a singularidade, a inventividade e a plena autonomia do poeta Daniel Blume. Claro, uma obra neste sentido, em tempos do politicamente correto, pode ser um risco. A própria ambiguidade que tanto o litote quanto a ironia deixam vazar já são riscos, na medida em que podem não ser entendidas como tais. Mas reconheçamos que não estamos aqui diante de um blefe, estamos diante de uma poesia de verdade, a única que nos autentica. Com este livro, Daniel nos convoca ao sério e ao lúdico, e assegura mais uma vez a cabeceira da poesia, mostrando, com segurança e vivacidade, o domínio da Mesa.

Antonio Aílton
poeta e crítico literário

CARTAS AO NETO

VERSOS

MAQUIAVÉLICOS

CARTADAS AO NETO

— I —

A chegada da morte
faz dos vivos
gente.

Torna a maioria
menos desumana
como um longevo
doente senador
octogenário.

Da cama do hospital
lembra
com orgulho
do neto
seu herdeiro político
um jovem
deputado federal.

Escreve-lhe
de próprio punho
com caligrafia trêmula
cartas finais.

Orientações de quem
conhece vísceras.

— Meu amado neto
jamais esqueça:

nossas gravatas
significam seriedade de propósitos.
Use-as
especialmente
ao mentir.

¡Seja o que for
necessário!
Use honestidade
e generosidade
seletivas.
Para desarmar
suas vítimas
aja como amigo
seja espião.

Evite ter
uma forma definida
seja imprevisível.

Esteja disposto
a abrir mão
do que acredita
por aquilo
que pretende.

— II —

Na política
não há rancor
nem pudor
a lealdade
é uma conveniência.

O samba
das cadeiras
é o bom da festa
em Brasília.

Somos predadores
canibais.
Na caçada
seja paciente
e dissimulado.

Embosque
os inimigos
pois mais eficaz
e seguro
do que um combate
em cerrado aberto.

Prudência nunca
foi fraqueza;
na linha de fogo
a valentia cavalga
com a morte.

Para ganhar
seja traiçoeiro
inescrupuloso
covarde.

Permaneça incógnito
na crueldade.
Na maldade
o anonimato
é a meta política.

— III —

O voto sai do povo
como a fumaça
da fogueira:
seja fogo!

Eleição não é
corrida de largada
mas de chegada.

Pesquisa
é para guiar
não para se enganar.

Não priorize o relógio.
Seja o tempo.

Não comemore
o êxito
antes de consolidá-lo
e nunca se dê
por vencido.

Churchill bem dizia
não ser a vitória permanente
nem a derrota
fatal.

Às vezes
a pior coisa
não é tão ruim.

Entre o péssimo iminente
e o ruim atual
melhor permanecer.

Pouco espere
por respostas
forje-as.

Não se afina viola
no grito.
Use dinheiro
se necessário.

— IV —

Corpo que piora
com mente
quase intacta
enquanto a raposa repassa lições
na/sobre/vida.

— Neto!
Tenho pouco tempo
mas muito
que lhe lembrar.
Ignore limites
reescreva as normas.

Se o mundo é
um cassino
detenha as regras
do jogo.

Sempre
e sem divulgar
releia/reveja/repense
Sun-Tsu
Greene
Clausewitz
Bismarck
Casanova
Nietzsche
Balzac
Puzo
Maquiavel
além daquele
poeta maranhense
se lhe sobrar tempo.

Mantenha
seu próprio manual
para dissimular
e dominar emoções.

Seja contra
ter emoções.
Não contra usá-las.

Como poder é
jogo social
capacite-se também
a ler pessoas.

Conquiste
mentes/corações
mas apenas
comprometa-se
consigo.

Chame atenção
para suas qualidades
e força.
Pessoas virão.
O poder é afrodisíaco.

— V —

Mesmo que fora
da ponta
               da mesa
sente-se
               na cabeceira.
Entretanto
                    esquive-se
                    de responsabilidades.

Tenha como princípio
não responder
                    perguntas hipotéticas
a resposta
                    pode se voltar
                              contra você.

Oculte intenções
                              e blefe
para tomar
                         as rédeas.
O poder
                    precisa ser
agarrado
               conquistado.

Política é guerra
sem [muito] sangue.
Mesmo em tempos
de paz
prepare-se
para as batalhas.

Na peleja
trabalhe com controle
de danos.
Se preciso para vencer
sacrifique aliados.

— VI —

Tenha cuidado
com as cadeiras
de presidente.
Muitas vezes
dificultam a leitura
dos cenários
dos sinais.

Cuidado também
para o fígado
não trair a mente.
Evite odiar
oponentes.

Se César foi morto
por aliados
não confie demais
em amigos;
aprenda a usar
inimigos.

A lealdade é medida
quando se coloca
o liderado em desconforto
momentâneo.

Divida
para conquistar.
                    Crie crises
se necessário.

Pregue mudanças
mas deixe
quase tudo
                    como está.

— VII —

Não trabalhe demais
faça que trabalhem por você
                    e fique
                    com os créditos.

Como chefe
não reaja a tudo
mas quando o fizer
                    seja brutal
aniquile
            contestadores.

Não discuta.
            Acometa
                    destrua
mantenha oponentes em estado
        de receio/
            terror.

Jamais perca
uma oportunidade
de destroçar
seus inimigos
enquanto
estiverem fracos
ou distraídos
por outras guerras.

¡Enquanto todos dormem
ataque!

Não fraqueje.
Sobreviver é preciso.
Seja ousado
e letal.

Planeje bem
e fale menos
que o necessário;
assim suas conquistas
parecerão fáceis
— o que nos ajuda
a preservar
a reputação.

Mantenha-se
ao fim
com as mãos limpas
mas não aparente
ser perfeito.
Sempre desconfie
dos homens
sem vícios.

— Beijo
de quem te ama,
V o v ô.

AO REI

Não permita alas
entre seus seguidores.

Problemas pendentes
transformam-se
em menos
            seguidores.

Quando os súditos
estão bravos
jogam pedras
            nos seus reis.

Um rei
não tem amigos
apenas seguidores
            ou inimigos.

ANIMAL

Não atire
de baladeira
                    em onça.

Não se jogue
                sem coringa
no jogo da selva.

Não há rei nem rainha
nesse tabuleiro
desumano de xadrez.

NATUREZA

Uma onça
jamais se torna
vegetariana.

Seria como
cangaceiro sem
bando
bandeirante sem
tropa
ou coronel sem
jagunço.

Otimismo não
muda fatos.

DA VÍBORA

R a s t e j e
m e r g u l h e
não acabe
como começa.

Observe o compadre
ortodoxo
sempre q u a s e
do lado favorito
que p e r d e.

Se preciso
faça-se antítese
h e r m a f r o d i t a.

Seja por si
um político
a n f í b i o.

CAPITAL

— Nem tanto ao Marx
nem tanto a Terra
reconhece a Era.

ELEIÇÕES

O poder abomina o vácuo
assim como o ótimo
é inimigo do bom
na arte do possível.

CALDAS

Nas conjecturas políticas
tudo pode escorrer
          inclusive
n a d a.

ANTÍDOTO

Escrúpulos não são práticos.
Seja objetivo,
descarte-os.

¡Sem olhar fraco
de espanto!
Franqueza poupa-nos tempo,
pode ter dito Maquiavel
ao seu príncipe.

Seja adulto ou não seja rei,
na luta/mundo/vida
de tudo ou nada.

Não apenas reaja,
l i d e r e !
Siga na frente dos fatos.

Há promessas que não devem
ser cumpridas
e lucro no caos,
pode ter dito alguém
de gravata em Brasília.

Os lutadores lutam
e os vencedores vivem.
Mantenha-se no poder
com organização/disciplina
perseguição/crueldade,
pode ter Roberth Green ensinado
a um político no Maranhão.

Não disse Shakespeare:
"ser mas não ser, eis a questão".

¡Digo-lhe eu!
Camufle ou omita
sua bala de prata.

"Dá-me a causa
que te darei a guerra.
A luta nada vale
sem honra e glória".
Esqueça esta afirmação piegas.

Não tenha um calcanhar
de Aquiles
na sua Guerra de Tróia.

LIÇÃO

Não era 1453
na Constantinopla
que precisou liquidar
                    para surgir.

Não era
o Império Otomano
nem havia
sultão ou grão-vizir.

Talvez estivesse
                    na Ucrânia
quando não lhe matou
a lição
            tonificou.

Transformou
em escudo o escuro
obstáculo
            tectônico.

Na guerra
é melhor
a estratégia à força.
Se não se pode,
resista/germine
para depois
vingar-se.

Seu pai
foi seu
primeiro inimigo.

FIM DO MANDATO

Viu a placa que recebi
com menções honrosas?
Exclamou um político
                    não reeleito
em dezembro.

Não!
      Vi apenas
                  lápide
e epitáfio.

INVERSÃO

A política dos amigos por último
privilegia quem jamais
estará no fim.

ESCRÚPULO

Não conte idas
ao pensar na volta
desconte
                até dez
                seja sem.

RIP

Como não disse
Gregório de Matos
não se deixe enganar
por grisalhos
pois patifes
também envelhecem.

Como não disse
Rui Barbosa
o réquiem ao pulha revela
a finitude
dos canalhas.

AS IRMÃS

Vida e morte
não são inimigas,
íntimas amigas
irmãs siamesas
        que desligadas
sequer sobrevivem.

São dicotômicas
complementares
mesmo a morte
mostra vida
                aos vivos.

COROA

Dúvidas
e s c o r r e m .

Ser rei é alegria
ou aflição?
Se escravo
da própria coroa
como ser rei?
Do que vale pompa
em prisão?
Não apenas adereço
preço
privilégio
fardo?

Ainda os pingos
de dúvida.

CARISMA

Se pretende seguir
inimigo Dela
mantenha boa
                distância.

MURANO

A morte não quebra
o símbolo
como se
                uma gota
                de Rupert.

DESTINO

O horizonte não é
surpresa
                superados
os arames farpados.

SER MÃO

As palavras
não afogam
quando se cala(m)
    na enchente.

PESTANA

O burro empacou
parou
porque
até burrice
cansa.

COMPARSA

A figura
capta/laça
cata/desacata.

Santa se finge
de dócil
inocente útil.

Nojenta hipócrita
traíra
feitora
super
compartilhadora.

BONITO

Amigo
de quase ninguém,
o cara se dá
                    com todos.

Bonito joga
de ambos os lados
em qualquer
                    tabuleiro.

Do alto
de sua cropofagia
tão cheio de si
            tão cheio de nada.

Homem rebelde
lápis de cor e nanquim

Homem feliz
lápis de cor e nanquim

NATIMORTO

O medalhão Joaquim Crepúsculo
é jovem
apesar da idade,
como se não houvera nascido.

O MISERÁVEL

Falo de um verme
a se esgueirar bem debaixo
de sua timidez.

Falo do gago fraco
a celebrar o mal
dos conchavos e traições
que lhe aprazem.

Falo do dono
dos olhos miúdos
intranquilos, fugidios
dos covardes.

Falo do rato magro
de pelos ralos
meio ruivos mal pintados.

Falo do tal
corvo, parvo, zote,
biltre e nércio:
o Comendador Pitanga.

O dono da suja essência
que escorre
em sua própria aparência
sem vergonha
          da repugnância.

De terno e gravata,
medalha no peito,
livros não lidos nas mãos,
jamais se viu alguém tão vil.

Pior é que esse pachola
medíocre maledicente salafrário,
após suas maldades de praxe,
para às 19 horas
          para uma sopa,
pois diz cultivar
          uma vida leve.

ORÁCULO

Seu fedor de alho confunde-se
com um cheiro de cravo da Índia
que lhe precede.

O sabichão parece assim
que se defuma
contra a catinga.

Com voz empolada
traz conhecimentos
enciclopédicos
enquanto grava
uns vídeos.

Do futuro
sabe tanto
quanto do passado.

Mais que Nostradamus
o futurólogo pensa
que domina
o tempo.

Este oráculo
querendo ser tudo
destaca-se mesmo em ser
q u a s e
n a d a .

NULO

Inútil
não serve nem
para descarte.

Não é sicrano
nem fulano
nem beltrano.

Para aquém
de alguém
                é algo.

RUSSO

O homem chegou ao ponto
do frio na barriga
aquele mais alto
antes da queda.

Como em uma montanha-russa
seu governo despencou
até o desgoverno
enquanto segue destruindo estátuas
queimando livros
antes de sua abissal
derrocada fatal.

[usemos o Russo
como exemplo
invertido]

O PROFESSOR

Mestre Naldo se mostra
mais que grande
um imenso
sabido.

Não se compromete
nem consigo,
não possui um lado
definido/defendido
sequer o próprio.

Não é espetaculoso
ou modesto,
é apenas nulo
para aquém de zero.

Never fede nem cheira,
gosta ou desgosta.

São frustrações
o pano de fundo
de suas críticas cutâneas,
por vezes defesas
indiretas frágeis.

Compilador de outras letras,
Juarez esgueira-se
no blecaute
de suas limitações,
enquanto sobrevive
das luzes dos que passaram
mas permanecem.

Pernas cruzadas
punho no queixo
olhar como se atento
enquanto entretém
imaturos/incautos
com citações de Wikipedia.

Mestre exemplo
do servo
que se faz dono,
como porco
Napoleão.

Hoje o Tal prefere
cortes/palácios/mansões
das suas utopias,
seja para ligeiros regabofes
ou longas ordens.

Das noites de reviver,
sobraram umas fotos
não rasgadas
em prol duma
historicidade insuscetível.

Restaram também poetas
poucos colegas
utilizados para dar-lhe
o que expor,
expondo-se.

Definitivamente,
Professor Juarez Naldo
é um mestre
na arte
de lecionar
como não ser.

O MOÇO

Pobre moço
preso ao presente
nem se atina
existir o passado
e um futuro para além
da sua efêmera
                    cadeira.

Triste moço
um coitado
                sem riso
lacaio de um presente
pedido então cobrado
assim mantido e cuidado
com subserviência exclusiva
e perseguição pulverizada.

Podre moço
que só trota de preto
é traidor traiçoeiro
ao esquecer um passado
sempre presente
bem como o futuro
em breve agora
na roda-viva
                da viva roda.

Mau moço
parece mesmo doido
no mínimo ingênuo
até quando tenso
camufla insegurança
com uma supina
peregrina arrogância.

Bem já
advertiram
ao moço que acaba
almoço.

MALÉFICA

Chegou a ter
uma professora de venenos
e conseguia ser tóxica
com um rancor paranoico
dotado de todos
os seus eRRes.

Para além de malévola
bipolar/tresloucada
mantinha um péssimo
relacionamento
com a verdade.

Alguém que nunca existiu
talvez.

Melhor então deixar
de aqui jogar
t i n t a
f o r a.

GENTLEMAN

Falam de um tal vestal
cavalheiro moral.

¡De nome
Arnaldo José Destro Atalaia,
sua reputação o precede!

Da grave voz empostada
brota manso/gentil
um coloquial arcaico.

Os tingidos cabelos prateados
adequam-se
à meticulosa barba
em sintonia com o precioso
terno encomendado/ostentado
sob sapatos lustrados.

¿As unhas?
Reluzentes/esmaltadas
como seus gestos
projetados.

Uns nascem para lutar
outros para desfrutar.
¡Viva Atalaia!
Afeito às tradições dos palácios
de boa mesa
à custa do que não é seu.

Arnaldo sempre busca
disfarçar
insegurança com preciosismo,
além de pavor com prudência.
Atalaia é homem de palavra$.
Sempre as honra,
desde que não se ausente
da zona
de conforto.

Gentleman obstinado
por sinceridade/transparência
perto da traição
revela a punhalada
à vítima/amigo
com ar
de constrangimento polido.

Arnaldo José Destro Atalaia
para aquém de personalidade
é uma personagem,
menos que engodo
mera azia do destino.

BOCA MOLE

Até mingau embolotado/frio
só de olhar
engulha!

Sua boca mole
de língua solta
e dentes malcuidados
acompanham o azedume.

Pernas curtas
com pés de pato
conferem andar tonto
ao xarope.

A barriga dobrada
por cima do calção
do seu time de futebol
desequilibra as chuteiras
do menino do buchão.

Tem talento
em desfazer amigos
embora detenha
poucos inimigos,
afinal Danúbio Casebre não vale
uma zanga.

Asqueroso. Covarde.
Maledicente. Invejoso.
Traiçoeiro. Venal.
Falso. Mesquinho.
Moleirão. Folgado.
Malandro. Camuflado.

Sem dúvida
Danúbio Casebre
está talhado
para qualquer função
medíocre.

Homem pensativo
lápis de cor e nanquim

Homem ancião
lápis de cor e nanquim

BRAVATA

Ela possui a perfeição
            como defeito.

Não é gente
aquela sonsa
            sem senão.

SONSA

Sombra de sorriso
não beija
              afaga
assopra
não bole
              bote.

ACESA

Despe-se do pudor
com o brilho incandescente
da maré de lua.

CHARME

Chegam como confissões
as insinuações
de seu corpo.

DIAGNOSE

Ela é uma companhia
inestimável.

Tem o dom
do silêncio.

MOBY-DICK

Não mera baleia
a cachalote branca foi
obsessão e fim
        do capitão Ahab.

Sempre tenho que ir.
Levantar âncora
e içar velas
ao vento!
Bradou
        o comandante.

Herman Melville
não leu apenas
a bíblia
        sobre Jonas.

Parece até ter ouvido
os canhões do silêncio
        de Chagas
pois ir é o que importa
chegar é o de menos.

Não sou fraco
porque faço
o meu destino
não paro
lembrou Ahab
ao esquecer
da primeira lição
da caçada:
a paciência.

Teve um final salgado
na gana pela baleia
à barlavento.

Impetuoso
morreu amarrado
nos mares
de sua compulsão.

Não raro
temor é salvação
um abrigo de escudos
como se paredes
ao redor
— talvez tenha escrito
o marujo Ismael.

Na tempestade,
recolha as velas.

PARTIDARISMO

Tal magistrado
tem voz demais
para um juiz.

Não falar
é um trabalho difícil
exige compromisso
e energia.

MEDIEVAL

Na Era
da desinformação
um jato
de pensamento
basta
ao povo desértico
da idade mídia.

PÁTRIA AMADA

Dos cerrados
aos pampas
                    os mocambos.

A terra exuberante
da desinformação ideológica
                    da paz.

ESCOLHA

Lute apenas
para ganhar.

Guerrear é opção
desde que se vença.

Não ocupe trincheiras
que lhe forçam a ocupar.

Escolha você
seus inimigos.

ESPADA

Quem só esgrima
          com ataques
descura acusações.

RAMOS

Melhor rumo
é ficar no ramo
do caule
            de origem.

Melhor perder
ao lado dos teus
do que vencer
com quem
apenas te usa
              ou tolera.

— Talvez tenha dito
    algum bom
         p e r d e d o r.

RECADO

Um velho homem
        dizia sempre
que saber doía.

Agora entendo
o recado cruzado
apenas
        sabedoria.

PAPEL

A vida é menos de escaladas
do que de escapadas
a nos impor
e sobrepor papéis.

Finos
papéis de parede
a encobrir até vestígios
da nossa tinta
de origem.

CALDA DA RAPOSA

— I —

Vamos cooptar este verme
        que pensa que é gente
mesmo que à custa
                de bondades.

Temos que chamar pra perto
seja pra matar na faca
disse de novo
            o velho Lourenço.

Então acrescenta ao Neto
[seu único sucessor político]:
— o poder são as pessoas
que você coleciona
            vivas ou mortas.

— II —

Tenho pouca sobrevida.
Estará sem mim em breve.
Lembre-se!
Se quiser ser líder
lidere.

Exerça a liderança
mesmo que não tenha
poder hierárquico
acrescenta o velho político
com tosses.

Os homens comuns
cometem erros.
Porém
nós
não erramos.
Somos anormais.
Fomos eleitos para sermos
além do igual.

Sequer temos tal direito
enquanto
no posto.

Neto,
    ouça bem!
Faça de pequenos equívocos
        grandes acertos.

— III —

Seu falecido pai
Lourenço Júnior
era muito idealista
para ser político.

Não se pode
ser governante
sem transigir
com princípios.

Com os olhos úmidos
confessa
o velho ao rapaz:
sempre me questiono
se falhei
na educação de Júnior.

Tomei o caminho errado?
Virei para a esquerda
ao invés da direita?

No instante
do bater de asas
da libélula,
o filho rompera com o pai
desde os tempos
da faculdade de Direito.

Já um rigoroso
e retilíneo magistrado
morreu em uma emboscada;
deixou viúva grávida
acolhida por Lourenço.

— IV —

Lembre!
Não somos os que morrem.
        Somos
                os que matam.

Nunca valentões.
                Somos valentes.

Uns entram na história.
                Nós a fazemos.

— V —

Neto!
Se quiser se arruinar
                                    opte pelo certo
e
      não
                pelo
                          fácil.

Jamais
siga em frente
                                  f a ç a
                                   c
                                     u
                                       r
                                        v
                                        a
                                       s.

MUNDOS

O mundo não é de açúcar
como se imagina
na infância.

O mundo é agreste
áspero.

O mundo esquerdo vive
em direita volver
e vice-versa.

SEGREDOS

Nunca deixe
de esperar
o melhor
preparado
                pro pior.

Nesse mundo
já no fim do fim
          imundo
não murmure
       desista
              regrida.

CHARADA

Rusgas pela senha
do cofre repleto
do objeto da sanha
que precipita o inevitável sinistro
da sintonia do cínico ministro
                    com o rei das rugas.

Ao final
        cada
            um por si
                    pelo seu.

DANOS COLATERAIS

Muitas vezes
preciso perder
uma batalha
para vencer a guerra.

Cortar a carne
para salvar
o corpo.

Morrer para viver.
Ao vencedor
os despojos.

ROLETA

Deus nunca joga
os dados de Einstein
nem apresenta
as senhas
                às sanhas
                de Houdini.

Real
        mente
produz
vencedores
ao largo de efêmeros
                ganhadores.

ORATÓRIA

Uma simples falha
na fala
          motiva
                e ativa
a bomba armada
no interior
de um ursinho
            de pelúcia.

VERMELHO

"Se não tiverem inimigos
                    não se aflijam.
Surgirão vida adentro
virão quando obtiverem êxito"
talvez tenha dito
o Imperador Chin
ao seu Exército de Terracota.

"Trabalhem enquanto
              os inimigos dormem
mesmo que não saibam
                    quem o são"
talvez tenha dito Lênin
antes de assassinar aliados
depois do fuzilamento
de Nicolau II
              o último Romanov.

"Afinal
         não basta vencer
                   é preciso destruir
até prováveis adversários"
talvez tenha exclamado
              alguém no Maranhão.

TRAIÇOEIRO

São perenes
as palavras dóceis
no jogo bruto
        pelo efêmero.

DO LUGAR ERRADO

Infelizmente não posso
cumprir com minha palavra,
algum dia
                alguém me disse.

Não pode honrar o seu DNA?
Afinal de contas
                        permaneci leal
a uma pressuposta amizade.

Alto lá! Respeite-me!
Não exija você
                    que me prejudique
para manter meus compromissos.
Não admito!
Tem algum desvio de caráter?!
Bradou-me
                um branco
                vermelho qualquer.

Pedi perdão pelo [não] dito
então para sempre
                                s a í.

LEVIANDADE

Há gentileza despida
            de hombridade
na mão estendida
com pólvora nos dedos.

Há ira
        na íris sorridente
que reflete
        invejosos ímpetos.

Homem Atento
lápis de cor e nanquim

Homem jovem
lápis de cor e nanquim

ASCO

Amorfo como seu aperto
de mãos
só na ponta dos dedos
é seu sorriso
gofado
sem bile.

360°

A promessa do Engodo
é tudo mudar
para tudo ficar
como está.

SEDENTO

Uma loucura diarreica gera
uma vingança escatológica
de um Cômodo
equinocial.

PARANÓIA

Não há
quem entenda.
Nem há
quem não veja.

No mar vermelho,
variadas vítimas
de uma racionalidade
neandertal.

DESGOVERNO

Os heróis não reinventam a roda,
com destreza
desenvolvem-na
em gestão cumulativa.

LA MONEDA

Tudo será mais breve
            do que tarde
bradou um vermelho Salvador
antes do suicídio
                        em palácio.

PARENTE

De forma nem tão lenta
há de ser tantas vezes
mais veloz
do que o afilhado,
afinal não nasceu
em berço esplêndido.

ESCAMBO

Troque
uma coisa por outra
com aquele
que também finge.

Jogadores reconhecem
o tabuleiro político
onde interesses recíprocos
associam antigos inimigos.

Aproveitem
o *quid pro quo.*
O amor talvez
nem sempre ocorra
em Brasília.

GATO

Quem tem bilhão
caça com jato.

CARTA NA MANGA

Sabem tudo o que revelei
não tudo o que sou.

FÁBULA

Liquidou-se o romance
como uma ideia vendida
num desconto de fadas.

CONSELHOS AO NETO

— I —

¡Não nos submetamos à pressão
pois a exercemos!
Exclama o velho Lourenço.

Não há o que temer
além de mim!
Acrescenta o experiente político
ao querido neto.

— II —

Senador Lourenço
apesar da cabeça branca
com barriga ampla
mantém olhar faiscante.

Ninguém pode acusá-lo
de sutilezas
age pela frente
pelo poder
via atalhos.

É
pois
previsível
ao desprezar a justiça
em prol da conquista.

Adora o eleitorado
por pressupor
conhecê-lo bem.
Eu sei até o que o povo em dúvida
deseja
repete-se sempre.

— III —

Não há nada mais angustiante
do que ser ignorado.
Portanto
permaneça,
acrescenta imperativo ao neto.

A vida não é uma aposta
porque não se toma
decisão com moeda.
Conduza-a como uma partida
de xadrez,
acrescenta o velho.

¡E não esqueça!
Um antigo conhecido
pode se transformar
num estranho
num piscar de olhos
assim
não revele
a ninguém
todos os seus sentimentos
e intenções.

Fracione informações
                    e missões.
Por segurança
            monte dossiês.

É bom lembrar
que dossiê
        é para ser usado
e acordo
        para ser rompido.

ESCARA

Augusto dos Anjos
não o conheceu
mas sabemos quem é
e onde está.

Cárie fétida
de maledicências sociais.

Carne podre da mucura
dos dentes desonestos.

Silêncio inato
da angústia popular.

Ferida purulenta carcomida
por vermes de gravata.

Sombra pessimista
da vendeta desumana.

Intestino esfaqueado
por mazelas sufragadas.

Moribundo deitado
em sujeiras fiscais
secreta os líquidos
de problemas inflamados.

Dos Anjos não lhe conheceu
mas sabemos quem não é
e onde não está.

FUGA

Não havia
Winston Churchill
ou Kublai Khan.

Vi um El Chapo
do Cartel de Sinaloa
longe do México.

Avistei
uns irmãos Rodriguez
distantes
de Cáli.

Percebi sicários
de aluguel
com Ricardo Almeida.

Então eu fugi.
Estava no Brasil.

PÓSFACIO

DANIEL BLUME: DE SÓCRATES A MAQUIAVEL, COM A MÃO ESTENDIDA E SEM PÓLVORAS NOS DEDOS.

Daniel Blume é a alma renascentista da cultura maranhense contemporânea. Neste sentido, nada mais consentâneo com a centralidade conferida ao poeta, dramaturgo e fundador da moderna ciência política, Niccolò Machiavelli, nascido em Florença, não por acaso, denominada a Atenas do Renascimento. O livro e a poesia compuseram o primeiro destino do futuro autor de **O Príncipe**, filho do bibliófilo Bernardo di Niccolò di Buoninsegna e da poetisa Bartolomea de Nelli, o qual escreveria volumes fadados a se tornarem clássicos, começando a conquistar notoriedade intelectual, entretanto, como poeta, conforme a oitava, em autorretrato resgatado por Roberto Ridolfi, na **Biografia de Nicolau Maquiavel**, logo comprova:

"Espero, e o esperar aumenta o tormento:
Choro, e o choro nutre o coração prostrado;
Rio e o riso meu não repercute dentro;
Queimo e a minha chama não vem para fora;
Temo o que vejo e o que sinto;
Qualquer coisa me traz nova dor;

Então, esperando, choro, rio e queimo,
E medo tenho do que ouço e vejo."

Seria, porém, com **De Principatibus**, que Niccolò di Bernardo Machiavelli, nascido em 1469 e falecido em 1527, perpassaria séculos, por tudo quanto de polêmico carrega consigo, desde a raiz da antropologia filosófica, até os problemas cimeiros e copados da moral e da ética. Foi fonte, o pensador florentino, do adjetivo *maquiavélico*, a significar falso, doloso e pérfido e do substantivo *maquiavelismo*, a remeter a seu sistema político, fundado, por suposto, na deslealdade de conduta como regra, em razão, registre-se, da equidistância de toda e qualquer lei moral. Desta maneira, por infortúnio, a humanidade passou a desconhecer obras da erudita significação de **Comentários sobre a Primeira Década de Tito Lívio**, cercando Nicolau Maquiavel de estereótipos, o qual, pessoalmente, fracassou: do adjetivo *maquiavélico* ao substantivo *maquiavelismo*.

Se nenhuma outra glória coubesse ao pensador florentino, uma lhe resgataria para a história espiritual da humanidade: a de fundador, com a sua prosa, em companhia do antecedente Dante Alighieri e sua poesia, da língua italiana, a partir do dialeto de Florença. Como o paradigma de Aristóteles perdurou até o Renascimento, vinculado à definição de política, casada com a ética, enquanto a arte de bem governar, e Maquiavel ressignificou a matéria, divorciando-as, somente como a arte de governar, ao emancipar a política do regramento ético, muitos, com certo desaviso, consideraram que a espécie, causada por **O Príncipe**, era devida à novidade do referido seccionamento.

Sucede que o estadista Kautilya, na Índia, de 330 a 321 a.C., escreveu **Arthashastra**, cercando o agir político do soberano de conselhos com os quais controlasse e dirigisse os súditos, no exercício de sua dominação e governança. Ora, se Kautilya foi um antecedente distante, Jerônimo Savonarola, autor do **Tratado sobre o Regime e o Governo da Cidade de Florença**, teocrata que derrubou a família Médici do poder doméstico na Atenas do Renascimento, foi um precursor próximo, a quem Nicolau Maquiavel entreviu a crepitar na fogueira que transfigurou o seu destino de jovem talentoso e disponível, aquando da ascensão política de Piero di Tommaso Soderini, o qual o nomearia Secretário (ou Ministro) de Estado em espectro ampliado, da Chancelaria à Defesa. Tamanho espírito a Tomás de Torquemada perpassaria décadas e séculos, do que são testemunhas **Leviatã**, de Thomas Hobbes e **Breviário dos Políticos**, do Cardeal Mazarino, para ser minimalista.

O Príncipe tornou-se um livro polissêmico por excelência, instaurado, muitas vezes, aquém e algumas vezes, além do Bem e do Mal. As mais diferentes e contrastantes leituras inventariadas por Arnaldo Cortina, em **O Príncipe de Maquiavel e seus Leitores. Uma Investigação sobre o Processo de Leitura**, com efeito, são eloquentes em si mesmas. Da exegese da Igreja Católica (segundo o Concílio de Trento) à interpretação neo marxiana de Antonio Gramsci, passando pelas luzes e pelas sombras de

Frederico II da Prússia, Jean-Jacques Rousseau, Napoleão Bonaparte e Benito Mussolini. A cognição de Jacques Maritain restou excluída, coisa que não aconteceu em **Saber Direito: Tratado de Filosofia Jurídica**, de autoria de quem esboça estas mal traçadas linhas.

Eis as águas profundas em que navega Daniel Blume, jurista da escola da culta jurisprudência, ao estilo de Hugo Grócio, com capacidade de conceber, filosoficamente, o Direito e, por seu intermédio, a vida do mundo. Neste sentido, **Cartas ao Neto: Versos Maquiavélicos**, quinto livro de poemas do criador maranhense, unifica o intelectual e o escritor, permitindo-lhe a vitoriosa apropriação da signagem de Nicolau Maquiavel, no desenvolvimento avançado de sua eloquente obra poética. Daniel Blume, transpondo a ilha e o continente, em companhia de Salgado Maranhão, sem dúvida, é o mais difundido poeta gonçalvino da atualidade, traduzido para o espanhol, o francês e o italiano, com auditório literário em Genebra, na Suíça.

A projeção em pauta, todavia, vincula o poeta Daniel Blume às mais profundas raízes da cultura maranhense, duplamente universalista, quer na recepção da tradição espiritual, quer na exportação de conquistas criativas. Recepção, patrocinada por Odorico Mendes, fundador, conforma Vamireh Chacon, do humanismo brasileiro e tradutor criativo de Homero e de Virgílio e promovida por Gomes de Souza, pioneiro das altas matemáticas na vida nacional e organizador da **Anthologie Universelle**. Exportação, vivenciada por Gonçalves Dias, cujo teatro foi montado na

Europa, bem como por Coelho Neto, numerosamente editado em Portugal pela Lello & Irmão e por Graça Aranha, cuja peça teatral **Malazarte** estreou em Paris, em 1911, descerrando os caminhos do mundo para as mais diversas línguas em que foram traduzidas as obras literárias de Josué Montello, José Sarney e Ferreira Gullar, em especial.

O poeta Daniel Blume, com **Cartas ao Neto: Versos Maquiavélicos**, dialoga, em sua capacidade de fabulação, com a antiga tradição grega e latina. Grega, a de Aristóteles, ao escrever Ética a **Nicômacos**, para que seu filho, herdeiro do nome do avô, tivesse um guia de conduta na vida do mundo. Latina, a de Cícero, ao redigir **Dos Deveres (De Officius)**, com semelhante propósito, dirigido a seu filho Marcus, norteando-lhe os caminhos existenciais. À sua maneira, o avô senador octogenário, antevendo a morte desde o leito do hospital, transmite ao neto, seu herdeiro político, e já deputado federal, a tecnologia de poder com que, sob o máximo realismo e sua visão negativa da natureza humana, venceria as batalhas em favor da antropologia do parentesco e da sua perpetuação mandonista, na conjugação do *eu quero, eu mando, eu posso*. Eis a carta de princípios ou contraprincípios:

"Seja o que for
necessário!
Use honestidade
e generosidade
seletivas".

"Esteja disposto
a abrir mão
do que acredita
por aquilo
que pretende".

"Conquiste
mentes/corações
mas apenas
comprometa-se
consigo".

"Mantenha-se
ao fim
com as mãos limpas
mas não aparente
ser perfeito.
Sempre desconfie
dos homens
sem vícios".

"Uma onça
jamais se torna
vegetariana".

"Não disse Shakespeare:
ser mas não ser, eis a questão".

Contudo, o poeta Daniel Blume é um bom fingidor como ilusionista, encantador de serpente e manejador de pano de toureiro, posto que, subjacente a cada linha dos versos maquiavélicos, o lençol freático da ironia socrática escorre, fecundando com o sol da maiêutica os tempos sombrios. Domador de palavras e mergulhador de percepções, é com o verbo conciso e com a densa expressão que o autor de **Delações** e de **Resposta ao Terno** avança, na singular construção da obra literária que o projeta, na poesia de sua geração no Brasil. O ideal de equilíbrio revela a si, se entremostra, evidenciando a dimensão do sonho de um melhor destino para o existente, como sublinhou Emmanuel Levinas:

"— Nem tanto ao Marx
nem tanto a Terra
reconhece a Era."

De onde a vigilante denúncia que perpassa cada página de **Cartas ao Neto: Versos Maquiavélicos**, do Maranhão para Brasília, e desta para o mundo, como antevisão de uma era menos desumana, na qual o realismo da barbárie não eternize o embargo à paz, ao amor, à alegria, à esperança e à solidariedade. O poeta Daniel Blume, com certeza, pelas curvas caminha retilíneo, a serviço do canto e tornando o coral uma semente, para que frutifique, sonoro, um mundo em vida no amor, com o humano mais próximo do divino, no qual a mão estendida não esconda a pólvora nos dedos. E seja a mão de um coração fraterno.

Rossini Corrêa[1]
poeta e doutor em Direito

1. Pós-Doutor em Direito e em Teologia, Doutor em Ciências Sociais e Doutor Honoris Causa em Filosofia. Advogado, Escritor e Professor Universitário. Membro da Academia Maranhense de Letras – AML; do Instituto Histórico e Geográfico do Distrito Federal – IHGDF; da Academia Brasiliense de Letras – ABRL; da Academia Maranhense de Cultura Jurídica, Social e Política - AMCJSP; e, entre outras, da Sereníssima Academia Agostiniana - ACA e da Academia Internacional de Cultura - AIC. Conferencista, Parecerista e Analista de Política Internacional.

ORS-TEXT

As ilustrações *ors-text* (fora do texto) são de autoria de **Ana Miranda**, premiada romancista e artista brasileira, especialmente conhecida por seus trabalhos literários no gênero do romance histórico. Este livro foi homenageado com os desenhos abaixo enumerados.

(1) Homem rebelde
lápis de cor e nanquim

(2) Homem feliz
lápis de cor e nanquim

(3) Homem pensativo
lápis de cor e nanquim

(4) Homem ancião
lápis de cor e nanquim

(5) Homem Atento
lápis de cor e nanquim

(6) Homem jovem
lápis de cor e nanquim

Este livro, composto na fonte *Century Schoobook 11pt*, foi impresso pela TAGORE EDITORA sobre papel Avena 80g FSC, na primavera brasiliense de 2024.